DIE STEINPALME

EINE ERZÄHLUNG
NACH EINER LEGENDE
AUS DER SAHARA

Eines Tages ...

kam ein Brief.

Eine Leserin schickte uns den handgeschriebenen Text einer Legende aus der Sahara.
Es ist eine dieser Geschichten, wie sie viel in den arabischen Ländern abends an den Feuern erzählt werden.

Jeder kennt sie, jeder erzählt sie irgendwann einmal weiter.

Auf dem Boden dieser Legende entstand die Erzählung von der STEINPALME.

Wir geben sie an Sie weiter.

Es war Spätnachmittag, und es war ein Wind aufgekommen, der leise über die Haare streicht und auf dem Gesicht eine Ahnung von Kühle hinterlässt.

Es war die Zeit, die zum Sprechen verführt, ja, die Lust zum Erzählen wurde so zwingend, dass alle den weisen Raman baten, doch eine seiner wundervollen Geschichten zu erzählen.

Der kluge, alte Mann lächelte. Er überlegte einen Augenblick und rief dann: „Wir treffen uns an der Steinpalme, wenn die Feuer angezündet werden!"
„Steinpalme? Was bedeutet das?" riefen sie hinter dem Alten her.
„Sucht sie!" Er sagte dies schon im Fortgehen.
„Sucht sie! Der Baum ist nicht zu verfehlen."

Ehe noch die Nacht plötzlich hereinfiel, hatten sie den Baum gefunden.

Neben den vielen Palmen am Strand, die in ihrer schlanken Schönheit wie winkende Frauen zu sein schienen, stand diese eine etwas abseits, doch so, dass ihre starken, dunkelgrünen Blattfächer die neben ihr stehenden Bäume leicht berührten.

Es war eine eigenartig geformte Palme!

Sie war gedrungen, mit einem mächtigen Stamm und starken Fächern, die in ihren Bewegungen sichtbare Mäßigung zu zeigen schienen und nichts von der Heiterkeit hatten, die alle anderen Palmen so weiblich machte.

Das Merkwürdigste aber war die Krone der Palme! Der Baum schien sich mit seinen Blattfächern zur Mitte hin zu neigen.

„Seht nur genau hin", sagte der alte Erzähler, der sich in ihre Mitte gesetzt hatte, „achtet auf das nächste Wehen des Windes."

Und sie konnten es sehen!

Als der Wind die Fächer der Palme etwas auseinander wehte, da sahen sie es: Im Herzen der Palme, dort, wo sonst die neuen, hellgrünen Triebe aus der Mitte des Stammes nach oben drängten, lag ein mächtiger, rötlicher Stein, ein Stein, wie sie am Strand ungezählt herumlagen.

Raman ließ keine Zeit zum Fragen. Mit einer weiten Armbewegung zeigte er, dass sich alle zum Kreis setzen sollten. Ein Feuer wurde in der Mitte angezündet, und die Nacht kam schnell und fiel über alles wie ein dunkles Tuch.
Der Schein des Feuers erreichte den Stamm der großen Palme und malte auf den Schuppen bizarre Zeichen. Wenn eine Flamme hell aufflackerte, konnte man die Krone des mächtigen Baumes ahnen.

„Ihr wollt wissen, wie der große Stein dort oben hinaufgekommen ist?" begann Raman seine Erzählung. „Nun, dies geschah vor vielen, vielen Jahren, als diese mächtige Palme noch ein winziger Bäumling war. Hier waren damals noch keine Häuser, und es gab auch noch keinen Brunnen. Nur einige Palmen standen am Strand. Ihnen und dem kleinen Palmbaum genügte das, was sie aus dem Sandboden an Nahrung und vom Himmel an Feuchtigkeit bekamen.

Die kleine Palme liebte das Meer und die Musik des Wassers. Sie liebte den leisen Wind an den Spätnachmittagen und die plötzlich kommende, oft kalte Nacht mit ihrer schattenlosen Dunkelheit. Und sie liebte den Mond in den klaren Nächten, dessen Licht harte Umrisse malt und auf dem Meer lange Streifen zieht, die eine Ahnung von Unendlichkeit geben.

Der kleine Baum wusste, dass wenige Meter hinter ihm die Wüste war. Aber er hatte keine Vorstellung von ihr, er wusste nicht, was wasserlos und leer bedeutete. Er war ein kräftiger, glücklicher Palmenschößling.

Bis zu dem Tag, an dem der Mann kam!

Er kam durch die Wüste. Er war tagelang herumgeirrt, hatte sein Hab und Gut verloren und war vor Durst und Hitze fast um den Verstand gekommen. Seine Hände brannten wund vom vergeblichen Graben nach Wasser, und alles an ihm und in ihm war grenzenloser Schmerz. So stand er vor dem Wasser, vor dem endlosen, weiten, salzigen Wasser.

Der Mann warf seinen ausgedörrten Körper in das Wasser hinein, aber in seinem Mund mit den aufgerissenen Lippen und der dickpelzigen Zunge brannte der Durst, den das Salzwasser nicht stillen konnte. Da packte ihn ein rasender Zorn. „Ich habe Anspruch auf Wasser!" schrie er. „Ich will leben, weil ich einen Anspruch darauf habe!"

Er griff nach einem großen Stein, sein Zorn gab ihm Kräfte, die sein ausgedörrter Körper kaum noch herzugeben hatte, und er schrie, schrie über die Grenzenlosigkeit des Wassers, schrie gegen die Unauslöschbarkeit der Sonne, schrie gegen die Wüste hin und hinauf zu den unerreichbaren Kronen der Palmen. Drohend hatte er den Stein erhoben. Seine Arme zitterten, und es schien, als wolle alle Kraft ihn endgültig verlassen. Da sah er neben den großen Palmen, zwischen Geröll und Sand, den Palmenschößling stehen, in hellem Grün und voller Hoffnung auf jeden neuen Tag.

„Warum lebst du?" schrie der Mann. „Warum findest du Nahrung und Wasser, und ich verdurste hier? Warum bist du jung und schön, warum hast du alles und ich nichts? Du sollst nicht leben!"

Mit aller noch vorhandenen Kraft presste er den Stein mitten in das Kronenherz des jungen Baumes.

Es knirschte und brach, es war, als vervielfachte sich das Knirschen und Brechen bis in die Unendlichkeit der Wüste und des Meeres. Und dann kam eine entsetzliche Stille!

Der Mann brach neben der kleinen Palme zusammen. Zwei Tage später fanden ihn Kameltreiber - man erzählt, dass er gerettet wurde.

Von den Treibern hatte sich keiner um den kleinen, zerschmetterten Palmbaum gekümmert. Er war unter der Last des Steines fast begraben, sein Tod schien unausweichlich. Seine hellgrünen Fächerblätter waren abgebrochen, und in der heißen Glut der Sonne verdorrten sie schnell. Sein weiches Palmenherz war gequetscht, und der große Stein lastete so schwer auf dem zierlichen Stamm, dass er bei jedem leisen Windhauch abzubrechen drohte.

Doch der Mann hatte die kleine Palme nicht töten können. Er konnte sie verletzen, aber nicht töten.

Als sich in dem jungen Baum das entsetzliche Geräusch der brechenden Zweige, das Zerfasern der jungen Triebe und der brennende Schmerz zusammenballten, als alles eine ungeheure, wolkenähnliche

Masse von Schmerz und immer wieder Schmerz war, da regte sich gleichzeitig, daneben, ohne Verbindung zum Schmerz und allen zerstörenden Geräuschen, eine erste kleine Welle von Kraft. Und diese Welle vergrößerte sich, fiel in die Wellenbewegung des Schmerzes, wuchs, machte die Pausen zwischen Schmerz und Wieder-Schmerz länger und länger, bis die Kraft größer wurde als der Schmerz.

Der Baum versuchte, den Stein abzuschütteln. Er bat den Wind, ihm zu helfen. Aber es gab keine Hilfe. Der Stein blieb in der Krone, dem Herzen der kleinen Palme und rührte sich nicht.

„Gib es auf," sagte sich die kleine Palme, „es ist zu schwer. Es ist dein Schicksal, so früh zu sterben. Füge dich! Lass dich selber los. Der Stein ist zu schwer."

Aber da war eine andere Stimme, die sagte: „Nein, nichts ist zu schwer. Du musst es nur versuchen, du musst es tun."

„Wie soll ich es tun?" fragte die Palme, „der Wind kann mir nicht helfen. Ich stehe allein in meiner Schwach-heit. Ich kann den Stein nicht abwerfen."

„Du musst ihn nicht abwerfen," sagte wieder die andere Stimme. „Du musst die Last des Steines annehmen. Dann wirst du erleben, wie deine Kräfte wachsen."

Und der junge Baum nahm in all seiner Not seine Last an und verschwendete keine Kraft mehr an das Bemühen, den Stein abzuschütteln. Er nahm ihn in die Mitte seiner Krone. Er klammerte sich mit langen, kräftiger werdenden Wurzeln in den Boden, denn er brauchte mit seiner doppelten Last dort einen doppelten Halt.

Dann kam der Tag, an dem sich die Wurzeln der Palme so tief gesenkt hatten, dass sie auf eine Wasserader stießen.

Befreit schoss eine Quelle nach oben, und sie hat diesen Platz hier zu einem Ort der Freude und des Wohlstandes gemacht.

Nun, als der Baum festen Halt im Grund hatte und dort dauernde Nahrung fand, begann er, nach oben zu wachsen. Er legte breite, kräftige Fächerzweige um den Stein herum. Man konnte manches Mal meinen, dass er den Stein beschützte.

Sein Stamm gewann mehr und mehr an Umfang, und mochten auch alle anderen Palmen am Strand höher und lieblicher sein, der Palmbaum, den die Leute bald DIE STEINPALME nannten, war unbestritten der mächtigste Baum. Seine Last hatte ihn aufgefordert, und er hatte den Kampf gegen seinen Kleinmut aufgenommen. Er hatte diesen Kampf gewonnen. Er hatte eine Quelle freigelegt, die seither den Durst vieler löscht, und, was sicher das Wichtigste war, der Baum hatte seine Last angenommen und hoch hinausgetragen. Sie lag auch heute noch auf seinem Herzen, aber sie war in seinem Dasein an eine Stelle gerückt, die sie tragbar machte. Nur die äußere Last erscheint uns untragbar. Ist sie angenommen, wird sie Teil von uns selbst."

Raman, der Erzähler, legte beide Hände an den Stamm der großen Palme. Das Feuer war fast niedergebrannt, die Zuhörer verließen einer nach dem anderen den Platz. Nur einer blieb noch. Er war spät gekommen und hatte ein wenig abseits gesessen.
Er setzte sich nun zu Raman, und beide saßen lange ohne Worte.

„Ich bin der Mann, der den Stein auf die Palme drückte," sagte der Mann. „Ich hatte es vergessen, doch deine Erzählung weckte alles wieder auf. Was soll ich tun? Ich fühle Schuld."

„Dann trage diese Schuld wie der Baum den Stein," antwortete Raman. „Nimm die Schuld an. Versuche, soviel du vermagst, von dieser in Liebe zu verwandeln. Vergiss dabei nicht, dass Liebe etwas ist, was man tun muss. Es nützt nichts, sie nur zu erkennen und um ihre Notwendigkeit zu wissen. Liebe ist Leben und wächst allein aus dem Tun."

Die Männer saßen noch lange unter der Palme, und es war ein leichter Wind, der das Feuer wieder zum Brennen brachte.